# coletivo de mulheres poetas de niterói

coleção Pangeia

HECATOMBE
2021

# VEN-
# TRES

**HECATOMBE**

rua do caju, 478
jardim das cerejeiras
cotia — sp
06724-015

[55] 19 9 82411532

sumário

**ventres: palavras paridas da luta!**

— Não seremos interrompidas!
— Não seremos apagadas!
— Não seremos mais assassinadas, assediadas, violentadas!

É com essa determinação e esse grito, que não está mais preso na garganta, que temos nos organizado, existido e pensado de maneira coletiva. Nos coletivos é que somos mais fortes, mais potentes e que a existência faz mais sentido.

Quando então organizamos este livro de vozes-mulheres plurais, o fazemos (como explicaremos a seguir) a partir de dois coletivos, convocando nossas irmãs à fala. Que tomem a palavra. Que gritem, declamem, escrevam, denunciem, narrem-se. Que libertem a si e a outras mulheres.

O Coletivo de Mulheres Poetas de Niterói surge de maneira miúda, com pequenos gestos. Uma mulher que convida outra. Uma mulher que reconhece na outra uma poeta, uma igual, com a mesma potência de dizer a palavra. E uma que chama outra, que por sua vez chama outra, até que, ao nos olharmos, vemos que já somos tantas.

A formação do Coletivo nunca teve por objetivo criar um espaço para declamarmos nossos poemas. Para isso já tínhamos e ainda temos nossos Saraus. O Coletivo surge com dois objetivos. O primeiro: buscar as vozes das mulheres caladas ou apagadas na História da Literatura Nacional. Nossas escritoras e poetas ancestrais. Aquelas que nos precederam. São muitas, maravilhosas e nos fazem ter orgulho de sermos mulheres e poetas.

O segundo objetivo, tão importante quanto o primeiro, é ser espaço de acolhimento, voz e luta para TODAS as mulheres, poetas ou não.

O Coletivo nasce feminista, antirracista e antifascista. Nasce plural, disposto a lutar junto a todos, todas e todes contra as injustiças e as desigualdades sociais.

## um coletivo que gesta outro coletivo

É assim que, no mês de novembro de 2020, esse ano absurdamente difícil, o Coletivo de Mulheres Poetas de Niterói faz uma chamada pública a todas as mulheres, poetas ou não, para unir suas vozes no Movimento de 21 Dias de Ativismo pelo Fim da Violência Contra a Mulher.

Chamado atendido. Dezenas de mulheres enviam vídeos em que recitam poemas e se manifestam contra os altos índices de diversos tipos de violência sofridos por todas nós. O resultado desse trabalho pode ser conferido no *Instagram* do Coletivo (@coletivodemulherespoetas).

Foi lindo, foi forte, foi intenso, duro e necessário, como o é o tema tratado. Assim, quando chega ao nosso conhecimento a chamada aberta para a publicação da coleção "Quem dera o sangue fosse só menstruação", a impressão que temos é a de que um livro organizado a partir dos poemas selecionados para o Movimento dos 21 Dias se encaixaria perfeitamente na proposta.

É, portanto, este livro que temos o prazer de fazer chegar às suas mãos. Um livro concebido, gestado e gerado por mulheres em estado de luta. Que com suas dores parem também esperança de que o mundo que deixaremos para as vozes-mulheres-futuras será um mundo menos perverso do que o mundo em que nascemos e crescemos.

Eis aqui um livro que sangra, pulsa, vibra, canta, grita e proclama:

— Não seremos interrompidas!

— Parem de nos matar!

Nosso canto é arte e é ação. Que nossas vozes causem incômodo aos defensores do patriarcado e deleite a quem se posiciona estética e eticamente a favor da transformação.

**Lucilaine Reis**

## [agradecimentos]

A todas as mulheres que vieram antes de nós e que, ao lutar por sua sobrevivência, ensinaram-nos a lutar pela nossa. A nossas mães e avós, que nos gestaram em seus ventres e nos concederam a vida e a coragem para tecer o amanhã. Às poetas e escritoras ancestrais e a todas as mulheres das Artes. Tantas vezes silenciadas, tantas vezes apagadas. Que nossas vozes voem longe, sempre ecoando as delas.

# ALINE B.S.

é educadora corporal, por práticas de Consciência Corporal e Terapias Complementares. Aprendeu com a experiência em percepção corporal a escrever por sensorialidades vividas em reflexão sobre as relações internas/viscerais em reverberação no ambiente externo. *Instagram: @alinebarrossoares*

## veneração

Estou forjando um auto-de-fé
Onde a mulher seja louvada
Por suas raízes, exaltada
Em suas entranhas, venerada
Sagrado é o ato de nascer
E preservar desse momento
Como constante alimento
A radical potência de Ser
Quisera ter habilidade
Para estar em todas as mentes
Passado-presente-futuro
Captar a origem em milésimo de segundo
Rever todas as mulheres do mundo
Ser lógica invertida em orgasmo profundo

Perceber a continuidade
Ao cuidar de uma linhagem em autoestima
Caminho aberto para acolher o que mais
[prazeroso há para sorver da existência
Em cada despertar que produz consciência

Bioquimicamente
na mente
Em essência

## indecente sim

Sintropia
Por pura sintonia

Sim, digo sim
Complexo
Orgástico
Abissal
Indecente sim

Dito pelos mamilos em sussurro

Coleção de flores são os poros da pele
Cada um tem distinta
Cor
Desejo
Um arfar extático
Que faz-me
altar e oferenda

# ANDREIA DINIZ

é mãe, poeta, antifascista, professora e pedagoga da rede pública de ensino, mestre em Educação. Integrante do Coletivo de Mulheres Poetas de Niterói, apaixonada pelo Sarau Tomate Cereja, engajada na luta contra as desigualdades, intolerância e racismo contra o povo negro por meio do Portal da Consciência.

## para mulheres que ousam a liberdade

Um dia ele foi deitar-se com ela
No outro dia sentiu-se seu dono
Convicto
Achou que a dominaria
Ela
Avistou de longe o perigo
Ele
Se deu conta de que perdia o controle
Ela
Não se conteve e foi à luta
Encheu-se de coragem
E fortaleceu-se de si mesma
Porque havia percebido
O quanto se bastava
No lugar de braços
Nasceram-lhe asas
Ele
Não pode mais alcançá-la

Hoje
Ainda dividem a mesma cama

Mas ela não o espera mais
Da janela, ele só avista seus voos cada vez mais altos
Amanhã só as nuvens registrarão seus rastros
E depois
Tão logo
Ela voará por cima delas e será inalcançável.

## e eu que lute

E eu que lute
Lute pela vida
Por nossas filhas
Por outras meninas
Por outras mulheres

E eu que lute
Por causas já ditas perdidas
E eu que lute
Com você, com elas
Juntas!
E eu que lute
Mesmo quando me disserem
Que me equivoquei
Que exagerei
Que apelei
Que só queria me exibir
Tomando as dores que não eram minhas

E eu que lute

Por ela
Por ti
Por mim

E eu que lute
Para vencer a dor
Para mostrar que foi pela cor
Sim foi pela cor
Cor preta
Marcada
Quantas vez dilacerada
Pelos estigmas
Preconceitos
Insultos
Desrespeito

E eu que lute
Pra me sentir viva
Pra me sentir na lida
Pra não me arrepender
De não ter feito
O que devia fazer

E eu que lute
Pra mudar essa ideia

De que é minha roupa
Que define meu agressor

E eu que lute
Pra denunciar
O que o corpo delas não conseguiu
Pra escancarar
O que a dita justiça omitiu

E eu que lute
Em casa
Na igreja
Na escola
Na rua
Pra que amanhã
Não seja eu
Nem você
Nem a minha
Nem a sua

## potência

Ela caminha arrastando o vento entre as pernas
Pisa na ponta das pedras com força
Espalha fogo em seu peito
E às vezes apaga com gelo do olhar
Ela é cumplice da noite
E esconde coisas ao Sol
Muda o curso do rio com as mãos
Tem um amargo doce que lhe escorre da língua
E um pouco de veneno necessário
Que lhe cobre a pele
É seiva, unguento, mirra, incenso
É pólen e semente
É sobretudo raiz
Profunda, segura de si
No fundo ela é água
No raso é terra firme
Num instante flutua como folha
No outro desce rasgante
Como peso em águas pantanosas
Mulher fluida
Dada ao que quer

Contida quando bem deseja
Não lhe interessa mais o que pensam
Basta o que acha de si mesma
Foi no tempo vestida com a pressa de um
[cronômetro
Voltou antes que esmirrassem os segundos
Porque achou que devia viver
Agora

# CAMILLA GOMES

é feminista, antirracista, pedagoga, professora, poeta, fotógrafa, pesquisadora e doutoranda em Educação.

## existir mulher

existir mulher
é como caminhar
solo numa rua escura
assombrada pela penumbra
é repartir as dores
os temores de ser
e o medo de se tornar

existir mulher
é saber que o relógio
sangra a cada
oito minutos
e que o medo de uma
é o medo de todas
e o silêncio de muitas

existir mulher
envolve lutar para sobreviver
e ter força para quebrar
as correntes

que nos sangram
nos rostos
na pele
nas pernas

existir mulher
é mergulhar fundo
nas dores
guardar cicatrizes
costurar retalhos de si
para erguer outras
e dizer:
vamos juntas, mana
vamos RESISTIR, MULHER!

Dani L.

# CLÁUDIA NASCIMENTO

é professora da rede pública estadual em Niterói, graduada em Letras pela Universidade do Estado do Rio de Janeiro — UERJ. Produtora cultural pela Universidade Federal Fluminense — UFF. Especialista em Literatura Brasileira — UFF. Pós-graduada em em Leitura e Produção de Textos — UFF. Pós-graduada em Literatura Infantil e Juvenil — UFF. Vencedora do Prêmio Paulo Freire de Educação em 2018 na ALERJ.

## fios

A longa estrada encerra-se aqui
Com coragem o sol renasce
O choro engasgado reage ao ontem
Os ouvidos buscam palavras tranquilas
Há uma narrativa guardada naquele olhar violado
As cenas desenham-se sem segredos
A pele procura se refazer aos ataques
Os fios de cabelos estão fora de alcance
Agora anda em chuvas mornas e sem medo
Os pés deslizam em direção aos fatos
No caminho uma luz acende e apaga
E a lágrima trêmula retorna sem querer
Sim, há um corpo gritando
Nunca teve dúvidas ao erguer suas espadas
Hoje já sabe manejá-las
Antes das sete luas

## nada

De mansinho
Carregou seu nome
Nas etapas de sua vida
Garimpou na tempestade
Não restaram dúvidas
Só decisões
Mistérios
Trouxeram sonhos inevitáveis
Se fantasiou de hipérboles
Sem sair de cena
Já sabe quem a comove
Escolhe o hoje
Com os pés na terra
Pausa-se
E depois
Mergulha

## sentidos

Quase mergulha
Diante de tantas memórias
Iluminada de pensamentos
Descobre uma estrada
As areias traziam os ventos
As cestas guardavam os descaminhos
As esperanças gritavam pelo seu corpo
De repente um silêncio caiu em si
As montanhas se apressaram
Unidas às gotas do Tempo
Chegavam as vozes
De muitos corpos invadidos
Muda o percurso
No caminho encontra uma concha
Acalma-se e colhe a pérola
Serenamente reconhece outras vozes
Concentra-se nas ondas quase tranquilas
Movimentando-se retira as suas amarras
Ergue-se junto aos seus
Reafirma-se preta

# DANI L.

Daniela Lopes (Dani L.) é mulher mãe de duas crias, uma das Fazedeiras de Niterói, escrevedeira no Coletivo de Mulheres Poetas, desenhadeira e artesã da “fiapo”. Assistente social, artista autoral, poeta ocasional, discutindo gênero e tecendo redes por aí. Um ser palavra, som, imagem e corpo em movimento.

## luz e sombra

disseram-lhe
teimou não ouvir
tinha brios
resistência bruta
fizeram-na luta

não lhe importavam
fios de voz
que não saíssem de si

calava
ensurdecia
sangrava
rasgava em tiras
as veias
atirava ao mar
o que lhe amargava

fora feita para a vida
por assim dizer
parida

**minha**

ah, se eu fosse
rosa tua
doce
como sol
que fosse

talvez a lua
ardesse
o brilho
cedesse
e ficasse à míngua

ah, se na boca
o céu
se no lábio
o mel
se em tua língua...

## saravá

por onde passo eu ouço
um canto de saudade
por esses cantos da cidade
perco o rumo
enquanto me aprumo
entristeço

não há queixo erguido
que suporte esse peso
não há sono que embale
ouvindo a guerra dos egos
sangrando nos golpes da dor

não há verde que floresça
na aridez da terra
nem coração que se cure
no desamor

por onde ando há muros
caminhos escuros

e nenhum abraço
há passos em marcha
sombras sem perspectiva
narrativas em depressão

ouço um canto morno
que se estende pelos cantos
nutrindo o ventre da poesia

o canto é mulher
feito de rugas e lamentos
forjado no útero negro
das nossas primeiras mães

ouço uma voz rouca
num banco de toco
um fumo cheiroso
e cachaça pra saudar
no canto do meu peito
a voz é grito

Dani L.

# DAYANA ROSA

é mulher preta, feminista, antirracista, antifascista, antiLGBTQUIAfobia, antigordofobia. Com a transição capilar se encontrou com suas raízes e sente cada vez mais forte a vontade da luta pelo social. Nasce na confeitaria e é apaixonada por dançar e tocar instrumentos. No carnaval tocou bastante seu chocalho por aí... Niteroiense, moradora de São Gonçalo e com muito amor e respeito por ambas as cidades.

**ancestralidade**

Sinto em mim a minha ancestralidade
Cada vez mais presente
Cada vez mais forte
Pulsando
Ardendo
Sangrando
Me chamando para exercê-la
Para exaltá-la
Para mostrar que ser preta é algo profundo
Intenso
É ter marcado na pele a dor e o sofrimento
Apenas pela sua cor
Mas também a beleza e alegria
De se ter essa mesma cor

Trago comigo minha ancestralidade
Cada vez mais latente
Fazendo que eu entenda que sim, eu posso,
[eu quero e eu consigo!
Não só eu como nós
E que isso faz com que estejamos mais perto
[da nossa ancestralidade

# FERNANDA BORTONE

é poeta, feminista, antifascista, mãe de Maria, professora e pedagoga da rede pública, psicóloga, fundadora do Grupo Tomate Cereja, fundadora do Sarau com crianças Tomatinho Cereja, Membro do Coletivo de Mulheres Poetas de Niterói, autora do livro *Coração disponível para o seu sim*, aprendiz da poesia falada.

*

Não, ela não se sentiu incomodada quando 30 homens a estupraram. Estava drogada.

Não, ela não estava incomodada quando teve que jogar uma fraldinha sobre o seio pleno de leite porque o homem a olhava.

Não, ela não se sentia incomodada quando estava sem seus plenos sentidos, pedia que ele parasse, mas ele ainda a penetrava. Bebeu demais, foi pra casa dele. Merecia.

Não, ela não parecia incomodada quando na rua era chamada de putinha, delícia, gostosa e vaca. Era carne pronta pro abate de todo dia. Maminha, filé, rabada, até lhe tirarem o fígado e o coração.

Não parecia incomodada quando vivia trancada em seus medos de apanhar, de levar um soco pela cara, quem sabe um tiro, quem sabe uma punhalada. Em briga de casal ninguém mete a colher.

Não, não estava incomodada quando o seu cuidador abusava de sua confusão invadindo seu corpo, sua alma e seu coração. Arrancando com a mão sua alegria, sua força e sua anima. Ela é dele, assim como sua mãe.

Não, não estava incomodada no transporte público ao ser abusada, a ter que se proteger com a bolsa, casaco ou qualquer objeto-armadura. Estar sempre disposta a correr e inventar rotas de fuga.

Não, não estava incomodada quando voltava tensa da balada no táxi, no uber, no metrô, sendo frequentemente assediada. Mulher a essa hora na rua quer ser violada. Homem tocando punheta pra ela? Deveria se sentir prestigiada.

Não, não estava incomodada quando ainda adolescente o padre, o pastor invadiam sua intimidade e buscavam pistas sobre como vivia sua sexualidade.

— Seu namorado já passou a mão nos seus peitinhos?

Ah, isso não pode incomodá-la, é sua necessidade de confessar suas culpas, seu tesão, faz parte do rito.

Não, ela não se sentia incomodada quando teve que mudar de roupas, de estilo, aumentar o tamanho da saia. Mulher no trabalho deve aparentar honestidade.

Não se sentia incomodada quando foi tratada como número, como nada, como resto, na maternidade, na escola, na delegacia, em casa, quando enfim ousou falar do que a incomodava. Isso é mimimi, coisa de mal-amada.

Não se sentia incomodada quando um candidato a presidente ofendeu uma deputada afirmando que por ser feia nem merecia ser estuprada.

Não se sentia incomodada quando uma ministra afirmou que meninas eram violentadas por não usarem calcinha, bastava então, segundo ela, construir uma fábrica.

Não, ela não se sentiu incomoda depois de ver fotos expostas na net num tal de pornô revanche. Ah, essa moça é uma vadia descuidada.

Não, ela não ficou incomodada quando, ao questionar o estereótipo feminino, tinta no cabelo, tosa de pentelho, uso de sutiã, necessidade de ser mãe, gostar de pau, foi ridicularizada. Ah, essa aí é mal terminada, meia mulher, esquisitona... Pra ela uma boa coça de pau basta.

Foi muita força das nossas bisas, avós e mães que nos conduziram até aqui em suas lutas incômodas e agora nos arrastam nossas meninas. Filha, me dê sua mão.

Mas se nem sua avó se "sentia incomodada", incomodada ficarão nossas filhas. Quem sabe plantarão consciência em terreno infértil, e semearão algum milagre. Não mais dirão que não estavam incomodadas.

Uma primavera se anuncia, na meninada cuidando de todas nossas feridas com poesia, chás, caneta, cartazes, memes, marcha, grafite, palco, grito e tudo que encontram para incomodar o silêncio, o medo e paz das coisas sem voz. Não terá paz quem machucar nossas filhas.

## um poema sobre a primavera que chegará sem pedir licença...

A primavera avança destemida sobre as grades
[do desamor.
Ela não pede licença, vem como a força ancestral
[de um tambor.
Esfuziante toma o cinza e o sucumbe.
Sabe que a volta se dá pela alegria,
É por aí que impõe sua força.
A primavera avança descalça, não usa pesadas
[botas e solas de aço.
Ela é ciranda, mãos dadas e urgentes abraços.
Ela não deixa a ternura pra depois.
Ela é uma menina que não quer ver ninguém
[chorar por ser relegado à indiferença.
Ela não permite o avanço do ódio.
Ela distribui beleza com justeza.
Ela quer chão e é lá no meio do solo
[aparentemente infértil que ousa crescer.
A primavera impregna o ar de perfume, e a gente
[não sente o cheiro ruim da ameaça de pólvora.
A primavera não quer ser uniforme.

Ela não pede permissão e não faz continência.
Ela é sempre viva.
Ela é explosão de cor e namora o arco-íris sem
[pudor, sem bons modos, sem sombras.
A primavera não tem comportamento.
Sabe de seu destino. Sabe que um dia virá.
A primavera é gestada nos invernos sob duros
[golpes. Enfrenta todo tipo de objeção a vir a
[ser flor. Mas não tomba.
Ela acontece.
Não são nervosos os sorrisos que aguardam a
[primavera.
Estão em paz como o suor de quem plantou
[sementes.
Ela se agarra à liberdade de formas sem fim:
[orquídeas, girassóis, damas-da-noite,
[miosótis, flor-de-mandacaru, rosas, lírios,
[margaridas, flores-do-deserto...
A primavera é amorosamente acolhedora.
Acolhe abelhas buscando o pólen de suas flores,
Emoldura os cabelos de homens e mulheres,
Se faz buquê para enamorados.
Recebe com delicadeza passarinhos, eles lhe
[oferecem asas. Ela é material para os seus
[ninhos.

Ela flerta com a poesia com algum compromisso,
E brinca de bem-me-quer com crianças.
A primavera faz chá para aquecer a esperança.
Ela enfrenta o horror emprestando cravos aos
[fuzis.
A primavera é a morte do desencanto.
Ela chega e interrompe o cansaço com seus
[óleos de essencial alento.
A primavera são muitos a conjugar o amor.
[Ela gosta de amassos. Não sofre de recato
[e não sabe o que é juízo.
Ela é deusa, ela é estação, ela é certeza.
A primavera é uma revolução.

*

Das taras,
Das manhãs mais caras,
Das forças mais raras,
Dos fluidos mais doces,
Da fricção.
Do visgo.
Das ardências sem dor,
Das imprudências do amor,
Do tesão.
Da falta de juízo,
Dos gemidos mais primitivos,
Do fogo nos seus olhos,
Dos dedos curiosos.
Dos mistérios desse instante,
Que redime todas as faltas.
Nosso dia amante.
Das alegrias sem métrica,
Dos afetos sem destino.
Da língua e suas danças,
Da tola esperança,
Da nudez sob sombras,

Da luz entre as persianas.
Da zona de erógena distração.
Da fotografia que não acontece. Mas existe.
Do poema que fecunda, enquanto você avança
[sobre o que te aguarda.
De acordar e ver você,
De alma nua sobre minha cama.
Da respiração ofegante,
Das pernas e nós,
Das nossas tranças.
Das costas à vista,
Dos vales que você despudorado visita,
De virar bicho, da lascívia.
Dos apertos permitidos,
Das ousadias sem medo,
Dos nossos segredos,
Daquilo que só a gente pode saber,
Dos nossos sorrisos tão genuínos,
Das nossas gargalhadas provocadas por
[desastradas apostas,
Somos palhaços a troçar de nossos dramas.
Bonitos, porque ousamos ser crianças.
Do incenso barato,
Da vela a aquecer a imaginação,
Da música que escolho e digo que rima com a
[gente por coincidência,

Das doces mentiras,
Da nossa indecência.
Dos beijos sem comportamento,
Dos eriçados apelos,
Dos olhos fechados pra te perceber,
Da boca embrasada pra te acolher,
Do que ainda for virgem pra acontecer,
Do rosto no momento do gozo,
Do tremor,
Da vertigem,
Do quase morrer,
Do descanso a dois,
De tentar dormir ao seu lado,
E não conseguir.
De tudo isso sob o cobertor da ilusão,
Das maiores delícias,
Dessa sagrada oração,
É disso tudo que precisa e espera
o meu cansado coração.

Danil.

# JOANA GONÇALVES

é poeta, educadora, militante feminista, mulher corajosa que insiste, mesmo na dor, em cultivar jardins de esperança por onde passa.

## mais de mim

Presença rígida
Faz o doce inacessível
Ser doce não lhe protege
Nem rigidez lhe faz inatingível
Rigidez e doçura
Mistura heterogênea improvável
Faz de um ser sensível
Ter postura acusável
Acusam de soberba
Por postura de solidez
Mal sabem as dores que carrega
Que tamanha insensatez
Assim a vida segue
Dia a dia sem euforia
Desejando apenas encontrar
Outros seres com empatia
Que incidam sua luz
Em seu corpo transparente
Diamante também é duro
Mas reflete sete cores maravilhosamente

## desde pequena

Desde pequena eu vi
Que aquela superstição
Se encaixaria perfeitamente
Por meus olhos pequenos senti
Tudo ser menos contente
Ela acordava cedo
Antes do galo cantar
A maior ia para escola
As pequenas ficavam no lar
Café da manhã e almoço às pressas
Só não faltava a oração
Nos ensinava com cada palavra
A agradecer a refeição
Limpava, cozinhava
Lavava todos os banheiros
Capinava e plantava
Batalhava o dia inteiro
Nos momentos de ludicidade
No carrinho de mão carregava
Além do monte de capim

O meu peso suportava
Tentando dar atenção
Alegria naquela rotina
Horas a fio num sol de rachar
Ou era isso ou a guilhotina
O peso nas costas doía
A pele queimava do sol
Pernas e braços adormeciam
E o céu anunciava o pôr do sol
E quando a noite caía
Vislumbre do descansar
Vinha a terceira jornada
Oprimindo-a sem hesitar
É hora da janta, preta!
Pai das suas filhas já vai chegar
Você tem que dar conta
Também do trabalho do lar
O desprazer a consumia
Na jornada da sobrevivência
Sem afeto e carinho
As crianças eram subsistência
Vendo todo esse pesar
Aos sete anos lhe pedi
Que varresse o meu pé
Pois queria viver a sorrir

Via que a vida de mulher
Não era o que eu queria
Desde pequena minh'alma
Gritava:
SÓ VIVO SE FOR COM ALEGRIA!

**nos negam**

Calabouços flutuantes
Foi assim que aqui chegamos
E na árvore do esquecimento
Demos as voltas e embarcamos
Realeza, principesco e servos
Todos no mesmo navio
Sequestrados, rendidos, surrados
Nosso banzo, alma em extravio
Aqui chegamos, cá estamos
De nossa linhagem separados
Arrancados da nossa mãe-terra
Com os espíritos destroçados
De presente ganhamos
Máscaras de silenciamento
Os covardes não aguentariam
Todos os tons de revolta e lamento
O sádico branco europeu
E seu projeto colonial
Enfiou em nossas bocas
A opressão em metal

Esse órgão essencial
Da fala e enunciação
Com violência calando
Fazendo a racial exclusão
Cirurgicamente retirando
Do indivíduo qualquer representação
Lhes assombravam nossa identidade
E o trauma se fez na separação
E nesse genocídio ontológico
Nossa cultura quase se desfaz
Nos negam acessar a grandeza
Com a violência voraz
Nossos gritos sofrendo
Memória é o que lhes consola
Nosso corpo é puro lamento
Realidade que ainda assola
Nos negam a oportunidade
De saber família ou nossa nação
Nos negam ancestralidade
Esses covardes nos pagarão!

Dani L.

# LILI BALONECKER

é professora, poeta, atriz, artivista, contadora de histórias, escritora de livros de literatura infantil e poesia. Doutora em Educação, mestre em Educação, especialista em Literatura Infantojuvenil, graduada em Letras.
*Instagram:* @lilibalonecker
@borboletas.de.papel

## somos

Apedrejaram nossas irmãs
Engolimos nossas lágrimas
Recolhemos todas as pedras
E com elas construímos um castelo
No meio da última floresta densa

Aqui nós degolamos príncipes
O rio que margeia o fosso
Tem cheiro de sangue
Pra que nunca esqueçamos
Do gosto do nosso passado

Moça,
Você não está sozinha

Eles não imaginam
Que nossa dor
Se transforma num furor
Ardente
Com força crescente
De multidão

Está se levantando
Uma multidão de mulheres
Que não se calam

Eu sou a soma dos nãos
Amordaçados
Das nossas mães
Mas também sou a multiplicação
Dos gritos das irmãs que lutam por nós
E por aquelas que ainda nascerão
— Somos

*

Já não me importa
ir na contramão do mundo
acostumei-me com os impropérios da dor

Nada do que levo é meu
tomei emprestado da vida
e sei que chegará o dia
em que devolverei para a terra
esse corpo, essa pele,
esse eu vestido de muitas histórias

Sepultem o corpo
e na terra vermelha úmida de silêncio
floresça resistência

*

Vou te contar um segredo, rapaz:
Sou poeta
Mas não nasci para a paz

Nem ouse se aproximar
Carrego um coração desconfiado
Meu dente afiado
Só hoje já dilacerou
99 pomos de adão

Minha boca vermelha
Declama poesia
Enquanto cospe centelhas
E quando tem sede
Molha a língua no sangue

Não se engane
Eu não escrevo
ins
cre
vo

Meus versos invisíveis na imensidão
Impressos na consciência
Daqueles que ainda virão

# LILIAN SILVA

é professora alfabetizadora, que ensina letras e leituras de mundo para gente pequena e adulta. Dirigente sindical, que luta para que o sindicato seja escola revolucionária. Militante da causa animal e da luta feminina. Mulher que sofreu violência doméstica numa época em que só era possível chorar e fugir. A poesia e a imagem fotográfica são seus alvoroços e calmarias.

*Instagram:* @lilian_azevedosilva

*

O grito do olhar emoldurado daquela mulher
Ali, sempre ali na parede do corredor

Parece que todas as noites vigia a dor dos seus
[ausentes...

É um olhar de mulher muda
Um olhar de mulher já descrente da vida

O mesmo olhar que copia o meu tantas vezes seco
Esse meu olhar de mulher emudeceu para sempre

Foram tantas dores, tantas ausências, tantos
[gritos que não gritei
Hoje só sou silêncio

Mas sei que tenho vozes em tantas outras
[mulheres que precisam gritar o que eu não
[gritei...

*

Adormeces todas as noites com a alma ferida
Sangras a tua carne na madrugada aflita
Mas se descobres alguma esperança cálida
Pode ser que a lua anuncie que ainda vives...

*

Petrificada está a tua alma
Nada do que dizem pode aplacar a tua dor
Segues, entretanto, apesar de...
E sonhas ainda com a neve que caiu naquele ano
Teus olhos ardem como se queimassem ao
[sabor da terra
E com a alma ainda tonta
Buscas incessantemente as vozes na luz crua
[dessas manhãs alentejanas.

# LÍVIA LUGÃO OLIVEIRA

é formanda em Pedagogia, escritora da cidade de São Gonçalo, Rio de Janeiro, autora do livro *Pausa Poética*.

*Instagram:* @escritaporlivialugao

## coragem, mulher!

Eu sei que tá difícil
O braço cansando
Mas você precisa chegar à margem
Continue remando
Coragem, mulher!
Coragem!
Eu sei que tá sufocando
O coração disparando
Mas está acabando
Não é miragem!
Coragem, mulher!
Coragem!
Eu sei que a vida tá nocauteando
Sangue jorrando
Suor pingando
Mas o solo é fértil e já vai florescer
Coragem!
Você vai vencer!
Não foi à toa que Deus
Deu o dom de parir pra você!

Ajeita a coroa
Que a briga é boa!
Não perca a fé!
Lugar de rainha é onde ela quiser!

**se enxerga!**

Mais uma mulher...
Brutalmente desrespeitada
Foi assediada
Acariciada publicamente
Sem a mínima permissão
Sequer
Até quando seremos ridicularizadas, menos-
prezadas, violentadas
Por nascermos femininas?
Qual é?
Isso tá cansando
Não é por ter pelos na cara
Que a vida é como você quer!
Ela não ficou calada
Meteu a boca no trombone
Explanou a cachorrada!
Eu não vou ficar parada!
Já vomitei em versos
Toda a ira entalada
Tira a mão de cima!

Da linha!
Mete o pé!
Assédio dá cadeia
Se enxerga, mané!

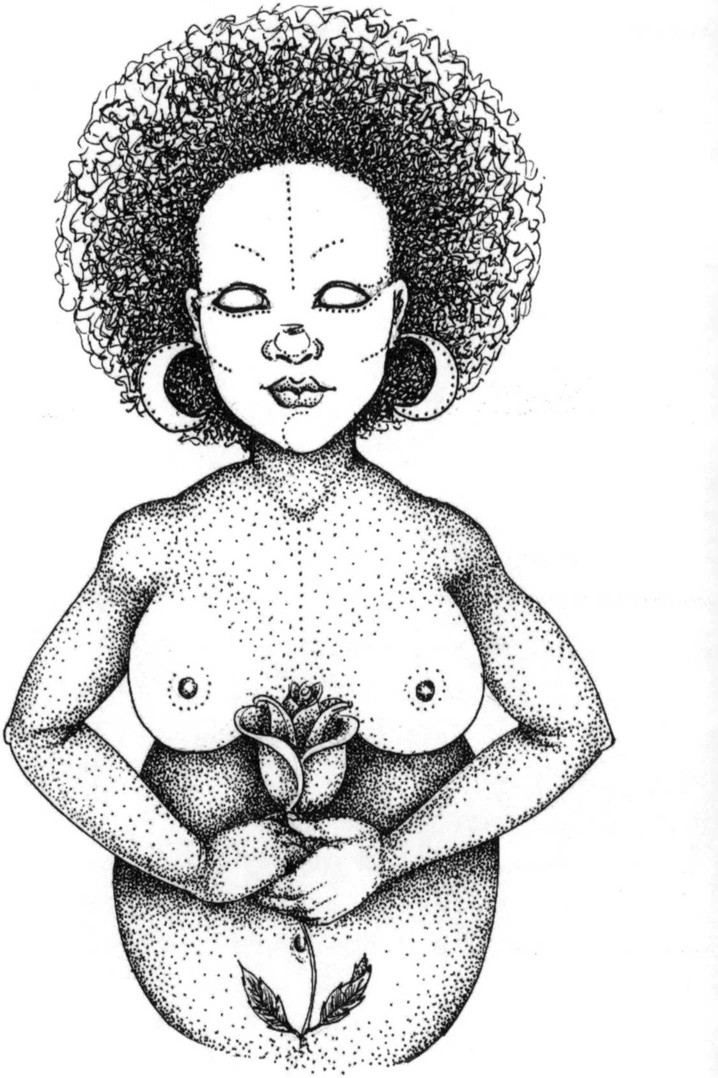
Dani L.

# LUCILAINE REIS

é escritora, saxofonista e compositora. Poeta participante dos saraus Horto Canto do Poeta e Tomate Cereja, em Niterói, RJ. Integra o Coletivo de Mulheres Poetas de Niterói e lançou no ano de 2020 o livro de poesia *Poemas Transbordados*. Pedagoga, mestre em Educação, mãe e avó, dedica seus esforços de militância para a construção de um mundo em que suas filhas, filho, netas e estudantes possam ser mais felizes e menos discriminadas/os por serem quem são. *Instagram:* @lucilainereis

## uma mancha de sangue

Eu tentei fugir
Fingir que não vi

Mas não suportei
Desabei
Tô aqui chorando

Eu preferia estar gritando gol
Reclamando de quem reclama
Do cabelo fake do Neymar

Mas uma mancha de sangue
Num uniforme de escola pública
Tingiu de vermelho minha retina

E eu choro
Choro o filho
E choro a mãe

Choro o assassino
E o Estado
Que transforma policiais em assassinos

Choro as crianças enjauladas
Chamando papai e mamãe
E choro o sistema
Que criou monstros
Capazes de enjaular crianças
Que choram
Chamando papai e mamãe

E choro eu
Choro por mim
Que não estou fazendo nada

Sabendo no fundo do meu coração
Que o filho morto foi de outra
Mas que poderia
Pode a qualquer hora e momento
Ser um dos meus

Tá lá um corpo estendido no chão
Tá lá uma mãe velando o corpo de um filho
Tá lá na manchete a foto de um gol

E a nossa indiferença
Servindo de amém

## para as manas em sofrimento

Mana, talvez a sua angústia, a sua ansiedade, o seu pânico, não sejam um desequilíbrio bioquímico no seu cérebro.

Talvez não seja uma crise existencial, dessas que vem e aperta o peito e a gente não consegue respirar direito.

Talvez não seja a mudança de lua, nem a tpm.

Talvez, minha irmã, sua vida esteja uma merda mesmo.

Talvez você esteja trabalhando demais e mal tem tempo pra ver seus filhos.

Você vive com saudade de alguém que você foi

ou de alguém que você sonhou ser.

Talvez seu relacionamento esteja uma porcaria e você está ali tentando fazer dar certo, enquanto o embuste só faz te cobrar:

Que você seja mais magra, mais bonita, mais vaidosa. Que você tenha mais energia, mais vontade de sair pra dançar. Que você esteja arrumada, maquiada, depilada, penteada, com as unhas feitas e perfumada.

Talvez nem haja um embuste e mesmo assim você se cobre tudo isso, porque é o que o patriarcado espera de você.

Talvez, minha irmã, o que você precise é ir à praia. E tomar uma cerveja com as amigas. Talvez, minha irmã, o que você precise é ter amigas. Daquelas que não te cobram nada, nem te dão conselho. Que riem junto das bobeiras que você diz e não te julgam nem quando você é absurda.

Talvez, minha irmã, o que você precise é de um salário melhor. É saber que conseguirá pagar todas as suas contas no final do mês, sem ter que se humilhar ou se endividar.

Talvez, minha irmã, sua crise de ansiedade seja esse peso de consignados no contracheque. Seja não saber de onde virá o dinheiro pra pagar o aluguel e a luz.

Talvez o seu pânico de andar na rua não seja sua imaginação te fazendo ver fantasma nas sombras.

Mas seja a possibilidade real de ser agredida, violentada, estuprada, morta. Pelo simples fato de estar na rua e ser mulher.

Então, mana. Sim. Depressão, ansiedade e pânico existem. São reais e precisam de acompanhamento, tratamento e às vezes até remédio.

Mas talvez sejam apenas sintomas de um mal muito maior. Talvez tratar a causa só seja possível coletivamente.

Reconhecer que essa sociedade nos adoece. E que não tem como dar conta de tudo. Talvez seja recusar a solidez desse mundo doente e dizer juntas, a muitas vozes, que um outro mundo é possível.

## no colo da noite

É preciso ser triste hoje
Já podemos chorar agora
Chorar a morte das pessoas e dos sonhos
Sonhos mortos são da ordem das grandezas
[astronômicas e subatômicas
Num sonho morto cabe toda a tristeza do mundo

Já podemos chorar agora
Não precisamos mais manter o dedo em riste
A fala alta
A raiva estampada na cara

A tragédia já ocorreu
A perda já está dada
Lutamos o mais sórdido dos combates
E perdemos

Já podemos largar a corda
Sentir a dor das mãos que sangram
A dor dos muitos mortos dessa derrota

É nosso direito legítimo estar tristes
Conquistamos o direito à tristeza
Vamos chorar agora
E esperar que talvez amanheça

Bem sabemos que se demorarem os primeiros
[raios de luz
Nós avançaremos no escuro mesmo
E resgataremos o amanhã
Do colo da noite

Mas por agora
Só por agora
Quero sentar e chorar
E não ter que fazer nada
Nem ir a lugar nenhum

Quero ser noite e solidão
Quero ser exaustão absoluta
E nunca ter que me levantar

Já podemos chorar agora
Só por agora...

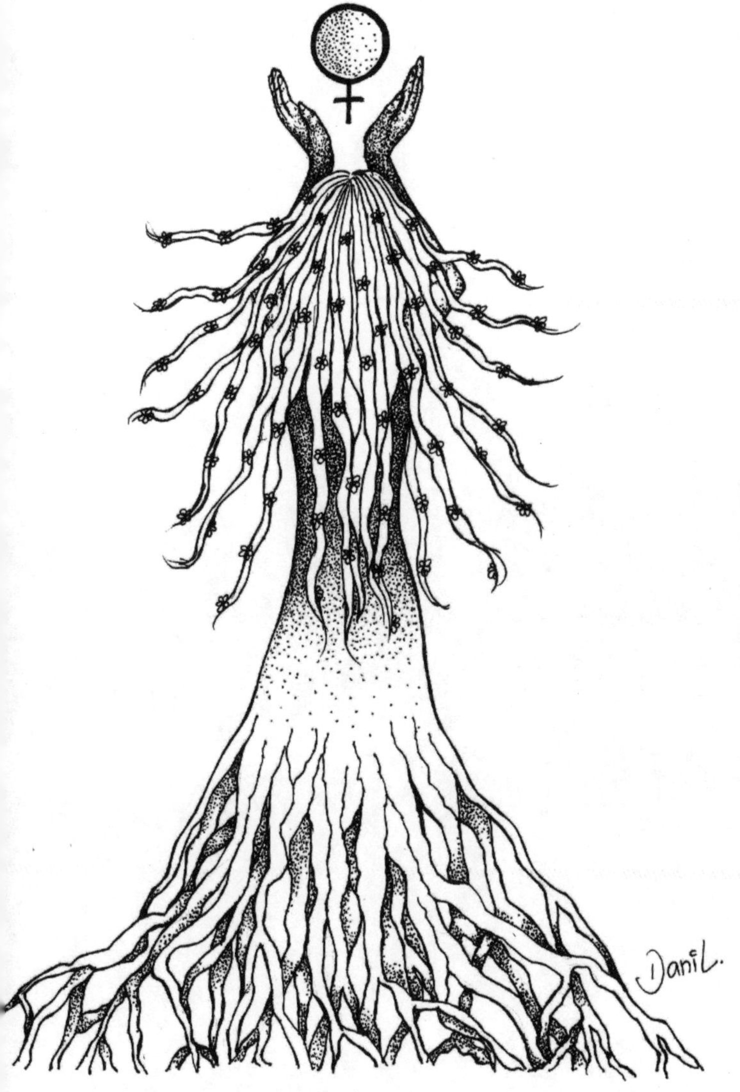
DaniL.

# MYLENE CASTRO

é mulher, mãe, professora, artista, libertária.
*Instagram:* @mylene_castro_art

## genocídio

Esse é o nosso sangue
Que não para de escorrer
Das veias abertas pela colonização
Jorra sangue
Desde o berço da nossa história
Com todos os tipos de opressão
Antes a morte do que a submissão

Nossos corpos nus
Não são motivo de vergonha
Nossa natureza exuberante
Ainda que demarcada
Constantemente violada

Fora, pistoleiros, grileiros, madeireiros,
[empresários, machistas
Que só querem nos desmoralizar
Esterilizar a nossa força à força
Basta de limpeza étnica
Nas nossas lendas, cultos, corpos e crenças

Pintamos nossos corpos
Com tintas libertárias
Arranco as amarras
Do silêncio ancestral
Berro o coágulo que mancha a terra
Pra nascer as margaridas
E todas as marchas indígenas
Direito a terra, água e agroecologia
A nossa voz não mais se cala
Demarcação das nossas terras
Queremos nossa identidade, língua, cultura

Nossa flecha de encantamento é forte
A arma de vocês que é covarde
Em cada 3 mulheres indígenas, 1 foi estuprada
Arrancaram as meninas para serem domesticadas
Em cada 3 mulheres indígenas, 1 foi estuprada
Bisavós foram pegas a laço feito manada
Em cada 3 mulheres indígenas, 1 foi estuprada
Basta!

"Menos de 1% das indígenas consegue fazer
[denúncias de violência contra a mulher".

DaniL.

# MONIQUE BRITO

é professora associada da Universidade Federal Fluminense/UFF — RJ. Escritora. Autora do livro *Retrato da farmacêutica quando artista*, finalista do Prêmio Rio de Literatura em 2018. Ganhou prêmios em diversos concursos literários no Brasil.

*Instagram:* @livro.afetivo

## $C_{19}H_{22}N_2$ para urticária

*Ô, menina, dança, dança até só balançar*
*não entre nessa de pensar que é você uma parada, imagem.*

Novos Baianos

vestiu a calça jeans velha e o tênis encardido
e desceu para o seu primeiro dia
como pós-doutoranda no laboratório

os calhamaços balançavam na bolsa
o March, o Leash e o Eliel
o currículo impresso, com 60 páginas
de prêmios científicos, artigos publicados
trabalhos técnicos realizados
e alunos orientados

quando chegou ao laboratório o supervisor
[perguntou

'quem sabe separar os itômeros geométricos
[seridoenses da triprolidina?'

silêncio
silêncio
[os homens, parados, imagens]

porque ela realmente entendia do assunto
para ser útil ao laboratório no primeiro dia
para ser gentil, para iniciar a parceria
porque ela de fato sabia o que fazer

ela disse que sabia separar

então o supervisor escolheu o Daniel
e disse a ela, sorrindo, que precisava de um café

## dessecadores

há cinco dessecadores
nas bancadas do laboratório
neles encontram-se matérias-primas
(perdidas) insumos farmacêuticos
(esquecidos), bons e tóxicos

o veneno pode estar apenas na dose

a aluna de iniciação científica do laboratório
foi expulsa de casa por ter demonstrado
que gostava tanto da sensibilidade dos meninos
quanto da virilidade das meninas

ela vai para a casa do tio
(que está prestes a abusar dela)
depois de um dia de trabalho

mas os insumos ficam lá
dentro dos dessecadores, no lab
guardados, seguros

isso é uma tremenda injustiça — ela crê

ela também queria dessecar os temores
sobre o seu futuro
(e o do país)

os rancores, os rumores
as fofocas dos bastidores
os mal-humores
o pai e seus rituais disciplinadores

os avisos depreciadores do diretor
e conservadores

dessecar os difamadores e caluniadores
os discriminadores
os estupradores e assediadores

quando a estagiária menina jovem
sonha; ela só pretende dessecar as dores
e não precisar mais delas por perto
depois de um dia de trabalho

ela carrega uma lendária aptidão para o amor
como Úrsula Iguarán para o clamor

* * *

# NEGRA LUZ

é Cláudia Ferreira da Silva Almeida. Poeta negra, baiana, nascida em Salvador. É contadora e advogada, mestre em Direito, Governança e Políticas Públicas pela UNIFACS — Universidade Salvador. Possui poemas em diversas coletâneas, mais recentemente na *Mulherio das Letras*, na *Tabuleiro da Poesia*, na *Ecos do Nordeste*, na *Um Mundo em Versos*. É membro da Confraria dos Poetas pela Paz, da Academia Internacional de Literatura Brasileira, do Clube dos Poetas-BA, do Clube de Leitura Kasa de Alice e do Movimento Exploesia. É autora dos livros: *O Voo* e *Dez Contos do meu confinamento*. Uma de suas frases: "O que me faz sentir, faz poesia.". As temáticas mais presentes nos seus escritos são a realidade da mulher (principalmente, a negra), a relação com a ancestralidade, o próprio existir, o amor em diversas dimensões

## a cada 11 minutos

Zero hora,
Amélia, que era “a mulher de verdade”
Zero hora e onze minutos,
Maria, a que tinha “um dom, uma certa magia,
[uma força que nos alertava”
Zero hora e vinte e dois minutos,
Rosa, a “divina e graciosa. Estátua majestosa”
Zero hora e trinta e três minutos,
Conceição, a que “tentando a subida desceu”
Zero hora e quarenta e quatro minutos,
Marina Morena, a que “se pintou”
Zero hora e cinquenta e cinco minutos,
Mila, a das “mil e uma noites de amor com você”
Uma hora...
Duas...
Três...

Assim vai o dia nascendo...
E as estatísticas crescendo.
A cada novo dia,
O relógio macabro não para!

A cada 11 minutos,
Um novo estupro, um novo ato de violência!
Mudam-se os dados.
É mais uma chaga infinita a se abrir.
E o corpo? De uma mulher!

## que baste o meu sangue

Mais uma vez o meu sangue jorrou
Ensopou todo o meu pensar
É uma dor incomum
Não era rotineiro
Não era hormonal

Pela mancha púrpura no meu olhar
A ferida seria infinita
Atentaria meus dias
Assombraria meu desejo
Recriaria em flashes o exato momento

Cada detalhe repugnante ressurgia
Como tormenta, me levava à mesma hora
À mesma dor
Ao mesmo asco
Era uma sobrevivente da violência

Violada nos meus corpos
Com cicatrizes perpétuas que se não curam

Também não quero ser dela a prisioneira
Fugitiva do meu martírio
Parto para a luta

Uso da palavra
Ainda respingando sangue vivo
Na tentativa de que, doando-me
A minha dor seja menor
E que a dor de outras não chegue a existir.

## o mínimo

Só hoje te ouvi,
Senti a mínima parcela de sofrimento,
Percebi o seu sangramento,
A profundidade das suas feridas.
Uma flor macerada,
Esforçando-se, para que o odor de sua chaga
[seja finito,
Que se torne raro,
Deixe de existir!
Sei que bateu a minha porta antes, durante e
[depois.
E eu? Onde estava?
Está tudo escrito:
Garantir, proteger, tutelar, prevenir,
Coibir, afastar, julgar, prender.
Deixou de ser adolescente,
Passou a mulher:
Tem todos os direitos,
Sempre humana, ser vivo.
Mas vendo o relatado...

E eu? Em que ponto dormi?
Será que, pra você, nunca sonhei?
A minha irresponsabilidade,
Omissão, inabilidade,
Espelha, em realidade,
Todos os pilares que nunca deixei.
Andrógeno, misógino,
Sexista,
Machista, patriarcal:
"...SOU Eu".
Eu, Estado, seu contratado,
Afirmo-lhe migalhas de direitos,
E a corda, quando se quebra,
Um dos mais fracos é você!
E o agravante?
Em meio aos subnutridos, minorias, protegidos,
Você sempre se destaca,
Nos pódios que contam o padecer.
Diante dessa sua dor,
(Que comove! Que engasga!)
Estarei em eterna falta
Pelos Pactos que não cumpri.
Sou reincidente, culpado!
Tô longe de ser eficiente, eficaz: Humanizado,
E, antes de me redimir de todos os atos (ou não),

O mínimo que me resta...
A você, Mulher,
Que já teve a psique e/ou o corpo marcado,
Dou um passo:
Peço desculpas.
E espero, um dia, alcançar
A plenitude de tudo que é justo, natural, humano,
Pactuado ou a pactuar.
A depender, me reescrever...
Ressignificar, talvez?
E até, quem sabe, possa se desfazer de mim!

* Após ouvir relato de violência contra uma mulher. Essa mulher somos todas nós!
Nosso corpo coletivo não para de sangrar. Já poetizei que era a cada 11 minutos, agora é a cada 8 minutos que somos violentadas.

# RACHEL FOLLY

é mulher preta, mãe solo de dois e irmã de todas as mulheres. Propõe-se a escrever o que habita seu íntimo e ser uma voz na luta contra o machismo, racismo e homofobia. Estamos juntxs!

## sobre ser mulher

Eu sou aquela mulher que esqueceu como se
[fala baixo
Como rir com discrição
E não emitir opinião

Sou a mulher que não sabe mais andar de salto
Usar vestido justo e decote profundo
Sou a mulher de pé no chão e vestidão que quer
[ganhar o mundo

Não sei mais me sentar de pernas cruzadas
Pintar as unhas de cores claras
Usar brincos delicados e perfume suave
Meu corpo tem sede de mar, meu espírito quer
[liberdade

Ser mulher tem sido seguir regras
Ser mulher é ser obrigada a respeitar
Ser mulher nos faz ser menos nós
Ser mulher é deixar de ser livre

Sendo assim, tão diferente e tão de mim, me
questiono que tipo de mulher eu sou e nem sei
se sou mulher mais... Mas sei que não quero
[mudar.

## a morte da rosa

O solo irrigado presenteia a praça
Com uma linda rosa perfumada
E com os raios do sol ela se alimenta

Sua beleza encanta
Seu esplendor atrai
Poder admirá-la alegra a todos

Mas os dias passam
E trazem chuvas
Chuvas cada vez mais fortes

E a rosa se fere
E a rosa ferida não tem mais beleza
E a rosa sem beleza não tem mais esplendor

Suas pétalas murcharam
Seu perfume evaporou
Ficou pálida, sem cor

Até que não se pode mais
Se deixar admirar
E então a alegria foi embora do lugar.

**se eu serei resistência, minha poesia também será!**

Se nos tirarem a voz
Falaremos com o olhar
Se nos tirarem o sonho
Colocaremos outros no lugar

Se nos tirarem o sorriso
Traremos no peito o pulsar
Se nos levarem ao pranto
Recuperaremo-nos no soluçar

Se nos tirarem o caminho
Traçaremos outros pra trilhar
Se nos forçarem a desistir
Reuniremos forças pra continuar

Se nos fizerem escravos
Usaremos asas pra voar
Se nos negarem aplausos
Buscaremos palcos pra brilhar

Se nos negarem a vida
Teremos filhos em nossa dor
Enfim, nunca nos deterão...
Pois é impossível vencer o amor

*

*          *

# RENATA CORRÊA

é poeta. Ativista cultural. Uma das organizadoras de dois coletivos literários na cidade de Niterói: Coletivo de Mulheres Poetas e Sarau Horto Canto do Poeta, além de compor o Coletivo Feminista de Arte e Poesia "Vozes Escarlate". Professora da rede pública, atuando em promoção de leitura na Biblioteca Popular Municipal Monteiro Lobato. Mestra em Educação pela Universidade Federal Fluminense. Descobriu-se poeta ainda na infância, fazendo parte de duas antologias, *Universo Poético II e IV,* quando ainda morava na Baixada Fluminense. Seu primeiro livro autoral está em processo de finalização e ela pretende que seja lançado ainda este ano. Mãe, feminista, antifascista, se escreve em poesia e revolução.

## paredes

As paredes sabem
E talvez só elas...
Estampei naquelas paredes,
Mudas lágrimas-menina,
Um boca seca sem sede,
Mofo tingido a ódio, nojo e sina.

Gravei nas paredes o torpor sangrado
Na argamassa de veias expostas,
Por entre gritos encarnados
Na dormência do corpo estirado,
Inerte,
Sem resposta...

As paredes foram a retina
Das fotografias onde ainda me resvalo
Ao violarem do sexo as asas
Com falas e farpas e falos...
Marcaram minha carne
A medo, sêmen e brasa.

Não!
Não dei licença para a minha morte!
Não há vontade no entorpecimento
Gozam alguns: “Que sorte
Não guardar do horror *recordamento*”...

As paredes sabem..
Tatuaram seus rostos
Por trás das névoas do meu esquecimento...
Testemunhas dos refugos da minha memória,
Deram a mão ao meu silenciamento
Recontaram comigo outra história
Choraram meu não consentimento...
Guardiãs das lacerações
Que me rasgaram de fora para dentro,
Me foram pranto e livramento...

Deixei nas paredes do meu calabouço
O desterro do meus sonhos mais moços
Escorridos no visgo entre as pernas
Até o mais profundo, profundo do poço...
O pavor entranhado
Em meio às rachaduras
Do meu corpo-mulher profanado,
Da voz engolida com arame farpado
Das lembranças intrusas no presente do passado...

São daquelas paredes
Os tijolos de culpa que já derrubei
Em ecos ancestrais
De palavra-ventania...
Na violência de renascer
Não há, não há poesia...
Resistamos pelo direito de viver
E à revelia!
Sobreviventes somos nós!
Eu, Ela, Você
E todas as Marias.

## una em mil

Sinto muito, mas não me calo!
Já não sento à mesa de perna cruzada
Já não guardo palavras mudas e entupo meu ralo
Já não sou a de ontem, a menina “bem-comportada”.

Rompo do ar o silêncio com vento,
Brado, gozo e aponto o dedo,
Não me basta o seu consentimento,
A minha razão posto sem medo.

Não sou a santa mortificada de altares castos...
Não devoto meus dias ao seu intento...
Carrego baús de contos profanos e vastos,
Vou aonde voa meu pensamento.

Decido... Meu corpo, minha regra e rumo!
Faço e desfaço minha mala,
Não é sua minha medida, pouso e prumo,
Sua vontade não ocupa a minha fala.

Baixo meus olhos e espreito os passos que mudo
Não para ser subserviente à sua altivez autoritária.
Estar junto é parte e não meu tudo,
Não bato continência para ser sua mandatária.

Afaste de mim sua foice obsedante
Que teima em ceifar voz, sonhos e asa.
Sou minha, agora, o que fui e meu instante!
Não mergulho mais em água rasa.

Engula o grilhão algoz que sai da sua boca
E sua tortura diária e ininterrupta...
Recolha sua palmatória inerme e rouca,
Sou eu e todas: a bruxa, a mãe, a puta.

Minha liberdade está em não aprazer,
Em não ser dos ditames do outro, servil.
Está na plenitude do meu direito de viver!
Ser mulher, ser eu, ser ela, ser una, ser mil!

*

Refeita em atravessamentos,
Das mãos no barro ergueu muros
No interior de seus próprios desabamentos.
Derrubou cenários aos murros
Desbotando julgamentos...
Desarrumou as gavetas,
Empurrou roupas velhas,
Que já não lhe vestiam os voos,
Nem lhe tinham servimento,
E dobrou seus fantasmas
— Um a um —
Para o fundo do esquecimento.
Aprendeu a gozar sem comedimento...
Desengoliu palavras desbocadas
Na cartilha dos desconfinamentos.
Foi de uma margem a outra da vida
Salvou a si mesma vezes tantas
Fez-se livre sem consentimentos.
Renascer é arte para as cores de asas vivas!
Ser crisálida...

(Re)existências...
Enfrentamento...

# SOL DE PAULA

Solange Soares Santos de Paula, a Sol de Paula, é natural de Niterói/RJ, psicóloga por formação, escritora e poeta por inspiração. Autora do livro de poesias *Sol em Pequenas Doses*, coautora de antologias poéticas em diversos gêneros literários. Atua como membro correspondente da Academia de Letras do Brasil/Suíça e do Coletivo Afeto Poético.

## ferida social

REPARE
tem mais uma mão estendida
na rua
diante da tua cara
e você diz que não vê

SINTA
tem mais um idoso revirando lixo
na rua
diante da tua casa
e você diz não saber

OUÇA
tem mais uma criança chorando
na rua
diante da tua escola
e você diz que ela não sabe ler

OBSERVE
tem mais mulher parindo

na rua
diante da maternidade
e você diz que é "normal" e paga pra ver

REFLITA
tem mais um humano querendo ser gente
na rua
diante do teu templo
e você assume não crer

AJA
segura essa mão estendida
recolha este lixo revirado
acolha este ser excomungado
cura essa ferida aberta que ninguém assume ter

## rosa despedaçada

*Queria um minuto a mais para dizer*
*Que não sou uma ameaça.*

Acordei tão normal, tão igual: mais um dia! Ou um dia a mais para quem só queria viver, trabalhar em busca de paz. Viver sem amarras, digerir meus medos, dirigir meus desejos, compartilhar segredos. Sangrar mensalmente na esperança de um dia gerar uma vida. Com ele, queria juntar sonhos, realizar fantasias, gritar de alegria! Sempre tão alegre, tão risonha, tão menina, tão mulher, que não percebia que a cara lavada despertava ciúmes. Seu verbo em primeira pessoa era se amar, e não hostilizar.

Confiou tanto que não desconfiou. Não relutou. Não negociou. Apenas se entregou. Foi ao encontro com os olhos encharcados de ilusão. Aceitou toda oferta em troca de pão. Saciou sua fome por adoração. Mas nem desconfiava da punição. Se pudesse, mudaria o rumo. Se pudesse, pegaria o atalho. Se pudesse, não viraria retalho. Se pudesse, não o teria reconhecido.

Numa fração de segundos, ele me segurou. Segurou mais forte. MAIS FORTE. MAIS... Imobilizou. Pensei ser brincadeira. Tirou minha roupa como quem devora a alma. Olhou no fundo dos olhos como quem mergulha na lama com calma. Amarrou minhas mãos, não como quem pede perdão. Acorrentou meus pés como quem ri da indignação. Desta vez, não gritei. Não gozei. Esperneei. Supliquei. Suas mãos não me acariciavam. Violentavam. Espancavam. Amaldiçoavam. Violavam o meu direito à vida. Totalmente desfigurado, tirou minha vida como quem perde a razão. Tirou minha luz, meu ar, nosso lar, meu coração.

Ainda hoje, não entendo os teus motivos... Machismo demais? Romantismo de menos? Feminicídio atroz! Sangrou minha carne. Rasgou minhas entranhas. Dilacerou minha história. Fui espancada pelo lado sombrio da vida. Fez ferida em muitos corações. Virei estatística de uma barbárie anunciada. O cravo matou a Rosa. E a Rosa despedaçada não teve tempo para chorar. A Rosa ficou sem pétalas. A Rosa perdeu a cor. A Rosa desfigurou. Mas as Rosas não se calaram. Denunciaram. E mostraram que a presa está encarcerada nos olhos de seu predador.

## denúncia

Tua vida sangra tal qual hemorragia.
Escorre entre as pernas, entre os dedos, entre
[os dias.
Sangra e não é de alegria. Nostalgia. Ironia.
[Hipocrisia.
Virou agonia. Virou... Pelo avesso. Virou a noite
[em dia.
Teu olhar em brasa... Ofusca. Arrasa. Grita por
[socorro.
Corro. Escorro... Morro. Não sumo. MORRO.
Tua respiração enfraquece. Enlouquece.
[Entristece. Emudece.
Clama por oxigênio. Remédio. Burocracia.
[Anestesia.
Remedeio a situação com simpatia. Não basta
[a alopatia.
Enquanto agoniza. Arrepia. Só serve a necropsia.
Quisera aquela mulher sonhar ao não te ver
[chegar.
Por imaginar que estaria num outro lugar.

A desabrochar. A reconquistar. A se aventurar.
Mas não! Ele estava lá. Onde não deveria estar.
No meio da rua.
No lugar da fome.
No encontro da raiva.
Na esquina da humilhação.
No campo de batalha dos julgadores.
No campo de concentração dos jogadores.
No fim do caminho.
Em meio ao caos enxerguei a dor.
Vi-o revirando os olhos em busca de si.
Suplicando por um minuto a mais para se
[despedir.
Engrandecendo-se por ainda conseguir me
[fazer sorrir.
Pura memória de um sorriso carente do porvir.
Ali ele ficou. Paralisou. Regressou. Agonizou.
Corpo estendido. Inerte. Sem vícios. Sem vela.
Sem viço. Sem vida. Sem nada. Sem mim.
Não deram tempo. Não teve tempo.
Só deram tiros. Só tiraram a rima. Tiraram a
[alma.
Arrancaram a fórceps o coração daquela mulher.
Tiraram a vida... De ambos. De todos. Por nada.
Maria cheia de raça.

Maria cheia de graça.
Maria vazia no meio da massa.
Maria com seu ventre dilacerado.
Maria com seu colo manchado
do sangue daquele filho que nunca fugiu à luta.
Maria com o seio cheio de leite
pronto para alimentar de sonhos, de brisas e
[esperanças
aquele corpo estendido entre lágrimas, soluços
[e procissão.
Em sinal de respeito, sem direitos e indignação,
[luto.
Denuncio, em desespero, com ação pela total
[transformação, luto.

*

*   *

# SURAMY GUEDES

pseudônimo Susan G., é formada em Direto e Psicologia. Possui especialização em Arteterapia e Direito Processual Civil. Servidora Pública Federal. Autora de dois livros infantis. Amante da língua portuguesa e artes em geral. Escreve textos poéticos e contos desde criança. Possui alguns trabalhos publicados em revistas e antologias.

*Instagram:* @susan.poeta

## violentadas

Eram só
uma mulher, uma moça, uma menina

Cujas mãos penderam vazias
em dias frios
em que arderam na fogueira
as suas dignidades

Açoitadas sem piedade
pelas línguas ferinas
daqueles em defesa
da masculina impunidade

Eram meninas, moças e mulheres que, sós,
se viram
"subju(l)gadas"
e assistiram desamparadas
à verdade, à morte, ser sentenciada

diante de uma justiça cega, amordaçada e violentada

# TATIANNY ARAÚJO

é mãe do Pedro, poeta, servidora pública federal, assistente social e mestranda pela UERJ. Feminista, antifascista, antirracista, antiLGBTQIAfobia. Uma engajada militante socialista na defesa dos direitos, da vida digna e plena e da liberdade.

## MARielle - MAR de mulheres

Marielle
Negra semente brotando no chão
Favela que grita, que chora, que luta
É primavera, é revolução!

Execução no estado golpista e da intervenção
Os que queriam calar nossa voz
Não vão manchar teu nome, que não deixo, não!
Negra semente que germinou
Vai ser primavera, revolução!

E nossas mulheres sentidas, doídas
Tomaram as ruas numa indignação
Somos muitas, somos por ela e por
Todas nós!

Somos as Cláudias, as Jandiras, as Claras
As Sandras, Luísas, Rosas, Dandaras
Somos um mar de mulheres
Somos porque ela era, somos Marielle!

Vai ter tsunami nas ruas, nas praças, por ela
[e por nós
Contra o algoz que nos mata de fome, de frio,
[de bala e facão!

É por Marielle, esse mar de mulheres
E tem preta, tem bi, favelada
Na linha de frente, organizando a marcha,
[fazendo uma onda
Tormenta gigante, luta constante, até ser
[revolução!

# Coletivo de Mulheres Poetas de Niterói

O Coletivo de Mulheres Poetas de Niterói surge com pequenos gestos. Uma mulher que convida a outra. Uma mulher que reconhece na outra uma poeta, uma igual, com a mesma potência de dizer a palavra. E nasce com dois objetivos. O primeiro: buscar as vozes das mulheres caladas ou apagadas na História da Literatura Nacional. Nossas escritoras e poetas ancestrais. O segundo ser espaço de acolhimento, voz e luta para TODAS as mulheres. O Coletivo nasce feminista, antirracista e antifascista.

coletivo de mulheres poetas de niterói

**HECATOMBE**

[EDIÇÃO]
debora ribeiro rendelli
[REVISÃO]
juliana pallermo
[DIAGRAMAÇÃO]
victor h. azevedo
[PROJETO GRÁFICO E CAPA]
wladimir vaz
[COORDENAÇÃO GRÁFICA]
tiago fabris rendelli



**dados internacionais de catalogação na publicação (CIP) de acordo com ISBD**

coletivo de mulheres poetas de niterói
C694v ventres / coletivo de mulheres poetas de niterói. - bragança paulista : hecatombe, 2021. 144 p. ; 11,5cm x 18cm. – (pangeia)

ISBN 978-65-87938-38-7

1. literatura brasileira. 2. coletivos. i. título. ii. série.

CDD 869.8992
2021-1700 CDU 821.134.3(81)

elaborado por vagner rodolfo da silva - CRB-8/9410